# 銀河の果てに

八木健輔　遺歌集

典々堂

＊目次

自分史を打つ

装幀・倉本　修

# 八木健輔遺歌集

# 銀河の果てに

母と祖国へ

金平糖

引き揚げを共になせざる父と母京城駅に別れ惜しみぬ

釜山港千切れるほどに手を引かれ母と走りき興安丸に

釜山港に手を引かれ行く幼われも小さきなりのリュックを背負う

釜山港の埠頭を歩むわが母は白木の箱の妹を抱く

妹は五歳で朝鮮の土になる恋愛なども知らざるままに

恋愛も結婚もせず逝きし妹「五歳病死」と墓誌に記さる

妹の骨壺抱きしわが母は興安丸のタラップ降りる

仄暗き興安丸の船底に母は金平糖を分け合う

わずかなる金平糖を子らのため紙に包みし母の細き手

母親の割りたる乾パン濡らし食む興安丸の船底の夜

引揚船ローソクの灯の船底に母子身を寄す毛布一枚

玄界灘の引揚船の小窓から潮吹く鯨の群泳を見き

波間より鯨の親子見え隠れ興安丸より母の指さす

丸窓の彼方の親子鯨たち母の知らせに狂喜せしきょうだい

妹を負いたる母の指し示す水面を泳ぐ針魚《さより》の大群

釜山から引揚船が進み行き初めて眺むる鯨も日本も

初めての日本を踏みたる仙崎港針魚泳ぐを母教えくれし

日本を初めて眺める日本人興安丸の甲板に望む

引揚者を玄海灘より運びたる興安丸は錨を降ろす

半島を逃れて子らと帰国せし母三十歳その名は朝子

## 母はサナトリウムへ

手を引かれ校門くぐりし明くる朝サナトリウムに母は入りたり

矢絣の着物の裾を離すまいとサナトリウムへ向かうわが母追いき

面会を厳禁されたる結核療舎母に会いたく裏山を這う

面会の母との別れ惜しむとき我を急きたつる頭上の鐘の音

病む母にまた来るからと繰り返すうなずく母の握る手強し

人知れず母に会うためたどり来しサナトリウムの関所は開かず

サナトリウムの母に会うため急ぎたり療舎の窓ごし細き声聞く

療園の母に会うため忍び来し我に「帰れ」と母は横向く

結核を病みいる母に効くという鯉を探しに池畔を巡りき

縁側に並べたる鶏卵箱に詰め母待つサナトリウムに向かう

産み立ての卵たずさえバスに乗る我を待ちいる療園の母

遠き日のピョンヤン時代を語り出すサナトリウムに臥せいる母は

氷雨の午後リンゴ齧りたるそのあとにお前を産みしと母は言いけり

弟は偏食せざるか妹は風邪治りしか病む母また聞く

さらにまた言い残したることあるやサナトリウムの母を振り向く

煙水晶

ストマイもせんなきことと知りながら母は自分の着物売りたり

「死にたくない」悲痛な声を残しし末　子らに涙し母みまかりぬ

大好きなバナナの着くが間に合わず逝きたる母に一房供う

火葬場の煙ましろに変わりゆき我が垂乳根の母昇りゆく

半島に生まれ育ちしわが母の形見に残しし煙水晶

見えぬけどいつでもそばにおりますと抱きしめられる今日は母の日

敗残の石炭列車に抱き合いたる母子に降り来し氷雨炭塵

石をもて追われし朝鮮半島に貢献こそすれ悪はなさざる

便所なき貨車に乗りたる日もありき朝鮮鉄道釜山に向かう時

煤煙と雨の降りくる引揚列車半島逃れる母は子負いて

無蓋車に怯えていたる夢を見る朝鮮引き揚げ六十年過ぎ

妹を背に負い母の戻り来ぬ朝鮮海峡波高きころ

急病に戦時逝きたる妹よ母の遺影のそばで微笑む

蠟梅の咲くころ逝きしわが母の書棚に残る結核の本

暮れなずむまだ波荒きこの海は興安丸にて引揚げたる海

日本に一歩を印しし仙崎にともに帰りし母は今亡く

## 茄子の酢漬け

雨降りの下校時傘持ち迎うる親　親なき我は晴れを待つのみ

にわか雨空を仰ぎて晴れを待つ母亡き兄妹下校時いつも

引揚げの邦人宿舎で出されたる梅干しおにぎり忘れがたかり

配給券をしっかり片手に握りしめコッペパンを求めし日々あり

美濃紙に筆で書かれし歌並ぶ抽斗の奥母の思いが

カラーテレビ見ることもなく逝きし母見合いの写真セピアに色褪す

遠き日に逝きたる母に買えざりしバナナが山と積まれる市場

青空に亡き母呼びて涙せし少年の日の我の思い出

潜水艦のごとき雷魚に引きずられ幼きわれの釣りは格闘

田を走り一升瓶でイナゴ獲り友と競いて百匹売りぬ

引揚げの背嚢に詰めたる人参を米に替えたる秋のまた来る

引き揚げ後母を襲いし肺結核昨日は我も告知を受けぬ

結核の疑い晴れて仰ぐ空秩父丘陵全山白雪

我の押すリヤカー引きたる自転車の父の額の汗は見えざり

妹の誕生したる平昌《ピョンチャン》よ七十年のち五輪の花咲く

被災せし大同江《テドンガン》の映りおり遠き日われらスケートせし岸
　＊北朝鮮を流れる川

母の背でソウル上空煌めけるB29を見たる記憶よ

母の味茄子の酢漬けが恋しくて今年もデパ地下廻りて探す

若くして逝きたる母の子が三人五十回忌を墓前に並ぶ

添乗員となる

六十年安保に青春燃やしつつ警察官の娘に恋する

初恋の味と聞きたるカルピスをコンビニで買い一人飲みおり

平和への情熱説きたる君だけどどうなってるの私のことは

繰り返し手を振り別れたあの夏のポニーテールに逢うすべもなし

「傷へこみすぐ直します、鍋修理」私の修理もお願いします

甘酸っぱい恋の香りを秘めしまま学生時代またたく間に過ぐ

再びは君に逢えぬと悟りし日有明海に赤き陽にじむ

天山も脊振《せふり》の嶺も清く見ゆ君と別れし初夏の緑陰

吹き上ぐる雲仙岳から波寄する有明海に消えし恋あり

履歴書に載ることのなき学校に合格をせり　ちぎれ雲ゆく

大学院受験の証拠の『経済原論』倉庫の隅に色も変わりて

冷凍のご飯をレンジに解凍し単身赴任の今日が始まる

添乗員のロザにハザシにマルダンはパソコンになき鉄道用語

近鉄線八木駅ありき京都にも八木駅ありて親しみ覚ゆ

三十年名前も知らずに渡りたり〈地蔵橋〉という名のありしに

札幌にトンボ帰りの出張で今日の長い一日終わる

御堂筋往復したる三年で左右の店は食べ尽くしけり

客船に千人乗せて沖縄へ初の海外旅行に添乗

友来ればともに五軒のハシゴ酒情に生きたる男の訃を聞く

学食にアジアの言葉飛び交えるキャンパス訪ねし卒業生われ

君を妻とす

ジャンボ機で金浦《キンポ》空港降りたちぬ父らの造りし滑走路の上

ジャンボ機の飛び立つ金浦飛行場六十年前父ら造りし

大陸で活躍する夢諦めて蘇州夜曲をカラオケに唄う

通路には新聞・雑誌を敷き詰めて仮寝続けし添乗ぐらし

空港のフロントに立ちほほえみて案内する娘ら我の教え子

龍造寺隆信の裔と聞かされし我は銀座の勤め人なり

誰からも好まれたしと思う我つねに派閥を拒みてきたり

公園の花を集めて恋うらない花びら七枚君を妻とす

グラスより清き真水のあふれたりやっぱり君を愛していたい

サンマルコ広場の椅子は水没す君と飲みたるグラスはいずこ

紅葉の桜並木を仰ぎつつボート漕ぎいる君の細腕

ヨーロッパとアジアを結ぶ鉄橋にイスタンブールの紅き落日
君と見しイスタンブールの落日は紅く燃えゆき海を焼きいし

## 家族

青紫蘇の種を採りつつ「ありがとう。おいしかった」とお礼忘れず

書斎にも天婦羅の香の移り来るベランダ出身青紫蘇の葉の

研ぎ汁を如露に注ぎて春菊の苗を育つる朝のベランダ

慈雨続き小松菜日ごとに伸びて来ぬ脇から摘みて朝餉の汁に

遠富士を背景にせるオクラの花わがベランダに満開となる

植えたりしオクラが大きな実をつける残月も笑む朝のベランダ

つくしんぼ千切りて子らに説明す明日の弁当に入るかもしれぬ

「無花果《いちじく》が今日は三つ」という妻の声に炎暑の朝が始まる

ベランダに注げる水は昨夜来エアコンの溜めたる汗の結晶

わが誕生日秋分の日と重なりて国家をあげて祝ってくれる

デンドロビューム・ファレプシスの名覚えんと繰り返すうち忘れてしまいぬ

頭の上に一五《イチゴ》が載っている故に二十二日は〈ショートケーキの日〉

馥郁と花咲く夜に生れし孫に郁子と名付けし今は亡き父

道端に咲く白き花その花は娘と同じ郁子《むべ》の花なる

朝まだき挨拶したる残月はメタセコイアの枝に刺される

サクラには遅くアジサイには早し家族で巡る緑の本土寺

咲ちゃんは白きドレスに包まれて北の教会に花嫁となる

三十年通いし職場もあと十日　日ごと歩きしこの道を去る

ネクタイも背広もすっぱり脱ぎ捨てて私服に着替えるこれぞ至福ぞ

色変わり虫の食みたる『資本論』四十年を我が書庫に住む

自らが編集したる社内報　束ごと焼き捨て職と縁切る

職退ける朝の実感何よりも首を縛れるネクタイなきこと

ネクタイも背広もベルトも処分せし翌朝履歴書三枚を書く

# 愛娘逝く

命守れよ

入院の娘危篤の知らせ受け急ぐ車中に妻との寡黙

娘危篤の報せに急ぐタクシーの座席に幾度も足踏みをする

駆けつけてその手握れば温かし応うることなき末期の娘

病室の娘を囲むパイプあまた全力挙げて命守れよ

今生れし赤子の産声響けども呼べど娘の昏睡続く

死に近き娘の休む病床に孫をまだ見ぬ四人の祖父母

臨終を告げられたりしわが娘隣に孫の産声きこゆ

果つる前「育ててくれてありがとう」告げし娘の瞳澄みいし

「ご臨終です」医者の言葉に思わずも温き血流るる娘抱きしむ

初産の嬰児《みどりご》をこの世に送り出し娘は静かに旅立ちにけり

母逝きて生まれたばかりのみどりごに無事の生涯祈る祖母祖父

母逝きしを知らずに眠るみどりごよ抱かれるごとく両腕伸ばす

今朝生れし赤児の命思いつつ月に祈れる我ら祖父祖母

恋もして結婚もせしわが娘果つるいまわに子どもを残す

厚きガラス隔てて眠る新生児母なき孫を探す我と妻

意識なき娘の腹を断ち割りて生れたる孫は母の愛知らず

銀河の果てに

生きたいと言ういとまさえ許されず二十九歳《にじゅうく》にて果てたる娘

満月の白く照らせる病院で医療ミスにて果てたる吾娘《あこ》よ

鮮やかに月は輝く病室を骸《むくろ》となりて出でゆく娘に

逝きし娘《こ》よ明るく輝く月となり二十九歳のままに語れよ

二十九歳の娘との別れ火葬炉の扉の閉まる音がこだます

脳出血に逝きし娘の名は咲子花を咲かせることなく去りぬ

語ることなくして逝きし娘なり銀河の果てに我を待てるか

言葉なく夕餉の席に向かう妻亡き娘を思うか涙こらえて

孫残し逝きたる娘の骨細く彩《いろどり》もちて箸にも軽し

人生の半ばで逝きし娘《こ》の葬儀温もり残る骨を抱きぬ

カラカラと壺の中なる白き骨父の涙に亡き娘の訴え

逝きし娘の骨壺納めたる白き箱に話しかけいる涙の夜長

好きだった黄バラの脇に安置して娘の遺骨と語り始める

逝きし娘の遺骨に毎日話しかけ墓に入れるを拒む妻と我

明日の朝墓に納まる娘の遺骨妻と挟みて一夜をともにす

亡き娘夢に現れついに抱くことのなかりし赤児に授乳す

## コムサのベビー服

母の名と父の名前を併せたる孫の名前を誕生の朝付く

愛し児を遺して逝きしわが娘壺に鳴る音何を訴う

いとし児に思いを残して逝きし娘の小さき骨壺テレビと並ぶ

両手足ヒコーキのごと伸ばしいる孫よ飛びゆけ大空めざし

逝きし娘の面影たしかな夢覚めて遺しし孫に毛布重ねる

母の亡き幼き孫を抱き上ぐる祖母の乳房に頬の触れたり

逝きし娘に代わりてコムサのベビー服を妻と求めに夏の日を行く

ひとたびも母に抱かれることもなき幼の晴着紅が眼に沁む

日本の人口一億超えし日もたった一人の孫を抱き寝る

縋りつく孫の鼓動の伝わりて雷さまの止むをひた待つ

カタカタと孫の玩具の動く音甘酒匂う午後のベランダ

嬉しきは「ぞうさん」の歌聞きながらトマト食むとき二人の幼と

「けん、けん、ぱっ」上手にできたと孫の顔逝きし娘が空から拍手

亡き母の声聞くこともなき孫のはしゃげる声の空に響けり

ブルーナの絵本ページを開くとき母なき孫の瞳光れる

両眼はオタマジャクシの幼の絵両手両足いつもはみ出す

特選に入選したる孫の絵は保育士の顔を描いていたり

母の顔も知らざる幼の見る夢はやさしき笑顔と声の保育士

真っ赤なるブリキの金魚抱く孫は風呂に行こうと袖を引っ張る

孫を抱き湯に沈みては歌いたる「海は広いな大きいな」

孫は墓石抱く

娘の眠る墓地へと続く坂道を登りて孫と墓石洗う

秋日和幼き手つきで焼香す逢えざる母の墓前に孫は

墓清め水を撒きては花飾り手合わせ拝む母のなき孫

母求め墓石抱きて叫びいる女孫《めまご》の声に言葉をとどむ

顔も知らず「お母ちゃん」と叫ぶ幼孫天国までも届けと祈る

香煙のたなびく墓前に額づけるこの子の祈り娘聞けるや

摘み来たるレンゲの花を娘の墓地に背伸びしながら並べる女孫

娘の墓を拭える孫の手のひらにアベリアの花舞い降りて着く

亡き娘にも母の日ありて霊前にカーネーションの紅白供う

逝きし娘の奥津城を掃く孫娘紅きポシェットのキティ笑みおり

野に生うる菜の花供え墓洗う母なき孫は墓石に話す

母知らぬ淋しき顔を乗せたまま幼運べる村営バスは

鉄柱のきしめる音のこだまする母なき子の漕ぐ赤きブランコ

しゃぼんだま

「じいちゃんとしゃぼんだましてあそびたい」母なき孫は短冊に書く

「じいちゃんとばしたしゃぼんだまきえないで」母なき孫の七夕の文字

我と来て遊べや母のない孫よ我もお手玉折り紙習おう

空青くアベリアの咲く広き道斜めに走る孫と遊べり

走り来る孫の仕草にありありと娘の蘇る春の草原

我に向かい草原横切り走り来る母なき孫を天に捧げる

虹のごと幼のとばすしゃぼんだま両手を挙げて路地裏に追う

大き声に歌いて歩く孫娘幼稚園の帰りの小径

世の中のしがらみの果て孫は去り産みて抱けざる遺影に詫ぶる

大阪の天気予報も気にかかる一年前から孫住みおれば

大阪に行きたる孫の夜もすがら泣くと聞きたり我も哀しき

母の亡き幼に代わりて供えたるカーネーションは白赤黄色

カレンダーに記したる紅き二重丸母なき孫に逢いに行ける日

遠く住む孫に逢えるが嬉しくてデパート回りおもちゃ買い込む

訪う孫の大好きなイチゴどこにあるデパ地下売り場立ちつくす午後

「アリガトウ」受話器の孫の声聞けば「アシタイクヨ」と妻の返事は

六百キロ隔てて孫に会える日は最高級のイチゴを求む

しゃぼんだまに映る幼に逢うために六百キロを妻と旅する

逝きし娘の写真と絵をば額に入れ孫に会う日の土産となせり

嬉しきは堺の町を訪れて幼に靴を履かすときなり

嬉しきは堺の町を訪れて幼き孫を腕に抱くとき

月ごとに母亡き孫に会いに行く走れよ走れ妻と駆けっこ

遊園地に笑いさざめく児ら見れば六百キロ離れたる幼を思う

紅きランドセル

幼孫と別れのときは迫り来る離したる指ふたたび握る

別れ際に母なき孫は「あくちゅ」と言う離さぬ小さき手温もり帯びる

手を振りて今度逢うのはクリスマスと激しき雨に孫と別れる

千代紙で鶴折り舟折りカブト折る孫の来る日はテルテルぼうずも

赤と青のブランコ並んで揺らしてる二月《ふたつき》ぶりの孫娘《まご》とのデート

母の亡き孫と娘のなき我らひと月ぶりにカレーを囲む

キティ踊るリュックサックを求めたり背負いて喜ぶ孫の目に見ゆ

〈子どもの日〉ともに祝いたき児の遠く妻と夕べの砂場に遊ぶ

飛び上がるジャンボジェット機に誘われる愛しき孫に逢いに行きたい

母のなき孫の切手を貼り付けて千葉に住みいる友に送りぬ

親類に送る手紙を並べたり孫の切手と名前を添えて

命果てし娘に似たる孫娘キティの紅きランドセル背負う

母の日が来たるに母になりえざりし娘の写真に孫は花おく

学校の楽しき有様描きたる孫の真っ赤な絵手紙届く

保育器に育ちし孫は六年生庭球コートの五周を走破す

ＴＤＬ見てきし孫の報告会今宵は家族にミッキー加わる

慈しむ幼がジーンズ茶髪なるそのとき私はこの世にいまい

娘の奥津城

はつ夏の光あふれる墓地に来る手放すものか娘の遺骨

海近く緑の丘に墓碑建ちぬ二十九歳の娘は子ども残して

とりどりに家紋並べる墓石あり娘の墓地から生駒山見る

妻と我遠く来たりて奥津城をやさしく洗い亡き娘と語る

なすすべもなくして逝きたる娘の墓の雑草を抜く静かな炎天

久々にたずね来し娘の霊園に夏雲湧きて秋津飛び来る

名も知らぬ山辺の墓に妻と来て亡き娘とつくつくぼうしを聞きぬ

崖っぷち崩れ始めて雨激し娘の墓に彼岸花濡る

二十年過ぎても妻は参りいる我が児見ずして逝きし娘の墓

千キロを隔つる娘の奥津城に牡丹雪降り積もると聞きぬ

娘が眠るあの山腹も寒からむ夕べは氷雨と携帯の予報

# 黄の薔薇

娘《こ》の在さば声高らかに喜ばん黄色いバラは今年も咲きたり

富士ケ嶺の茜に染まる日は淋し写真の娘に黄薔薇を供う

逝きし娘の大好きな花この春も黄色のバラを買いて供うる

黄バラ咲きカクタスの紅あふれいて今日は亡き娘の誕生日なり

植えたりしままに逝きたる娘見よ黄色のバラの匂いて咲くを

逝きし娘の生前植えし薔薇の花満月色に今宵咲きたり

何ゆえに育てることの叶わざりしや写真の中の娘訴う

キティチョコを求め来たりて向かい合い遺影と話す娘の命日

在りし日の娘の写真に語りかけ半日過ごす応えなけれど

幾度も取り出だしては聞き返す携帯電話の亡き娘の声を

逝きし娘の椅子にて毎朝会話するセーラー服のセピアの写真

携帯を押せば亡き娘の声がするまだまだこの娘《こ》は生きているのだ

教会のオルガンの曲と教えくれし〈アメイジング・グレイス〉娘の絶唱

生きておれば三度目の亥年の誕生日写真の娘と今朝も会話す

二人いても娘を亡くしし哀しみが胸にあふるる一年過ぐるも

待望の児を産み逝きしわが娘遺影に今朝も夫婦の「おはよう」

## 紅き自転車

逝きし娘の「海は広いな大きいな」今でも妻と我との耳に

お手玉が思わぬ所から現われぬ娘好みしブリキの金魚と

風呂掃除に錆びたるブリキの金魚落つ磨きて娘の写真に供う

逝きし娘の丸文字あちこち記されて国語辞典は色も変われる

逝きし娘と乗りたるはとバス都内コース緑の半券日記より落つ

転寝《うたたね》の夢に亡き娘は今もなおセーラー服にて我にほほえむ

逝きし娘の残せる棚の「赤毛のアン」頁を繰りて在りし日偲ぶ

逝きし娘の残しし紅きオルゴール毎朝聞きては己を励ます

逝きし娘の残ししキティの三面鏡夕空渡る雁も映せる

この秋はこういう色が似合うと言い娘のくれし臙脂のコート

逝きし娘が我にくれたる皮ベルトブランドの文字消えかかりおり

逝きし娘の紅き車が売られたり秋風の吹くガレージ広し

逝きし娘の残しし紅きカメラあり旧型なれど旅に離さず

子育てに必須と言いて買いたるに車残れど娘は逝きぬ

逝きし娘の残しし紅き自転車を磨いて今日も娘と出かける

婚礼に持たせし娘の品々は遺品となりて我が家に帰る

## 娘の星

逝きし娘を思いて独り酒を酌む秋の夜長の虫を聞きつつ

旅立ちてはやひととせが過ぎたる今日娘の名あての手紙また着く

果つるまえ娘の植えたるイチジクが孫の背丈を越えて実つける

桜咲く茜の空に逝きし娘がつくしを摘みて帰る幻影

卵黄に似たる大きな月出でて逝きたる娘の笑顔に変わる

逝きしより三年《みとせ》経ちたる娘《こ》を思い見上ぐる空にオリオンまたたく

夕焼けをともに眺めし娘なく淋しきベランダ紅葉舞い込む

紅白のハナミズキの花あふれ咲き娘の命日近づくを知る

逝きし娘の齢数える妻とわれ花も香華も絶やすことなく

産みし児を抱くこと叶わぬわが娘銀河のかなたに眺めいるらん

月の夜は目覚めて逝きし娘を偲ぶ蚊帳にまとえる藺草《いぐさ》の香り

あの日のごと雨降り雷鳴轟ける今日は娘の祥月命日

二十九歳で逝きし娘の命日に今年も供えるモーゼルワイン

満天の夜空に輝く星幾千逝きたる娘の星をばさがす

ローラアシュレイ

歩道橋降りるは辛し目の前に娘亡くしし病院そびゆ

挙式せし教会に鳴りいし曲の名は〈アメイジング・グレイス〉今は亡き娘よ

パンダさえ我が仔に乳をふくますにそれも叶わず逝きし娘よ

逝きし娘の帰りて来たる思いあり箸の袋に名前書きおく

朝餉とる二人の食卓見守れる逝きし娘の写真の笑顔

父親を誇りと語りし娘とぞ死後三年に友伝えくる

三度目の誕生日迎えし幼孫遺影の吾娘にも三度目の初夏

逝きし娘の生涯史をば打ち終える五月十二日の命日近し

逝きし娘に似たる娘が目の前に座る電車は早く降りたし

母と児の水に遊ぶを見る時に亡き娘の笑顔幾度も浮かぶ

逝きし娘に生き写しなる児の遊ぶ車内で妻と顔を見合わす

逝きし娘に似たる面輪の看護師が薬を渡す仕草にときめく

娘の逝きし日にも咲きていし花水木ようやく今日は蕾ふくらむ

子を見ずに逝きたる娘の働きし銀座の街を孫に見せたし

「異議なし」で終わる株主総会に娘の遺影を抱く父われ

逝きし娘も旅せしロッキー山脈の輝く雪嶺父母も越えたり

銀座なる〈ローラアシュレイ〉逝きし娘のいつもバッグに持ちいしブランド

逝きし娘も憩いたりしや喫茶店に父われも座る銀座の午後を

涙もろきと笑わば笑え逝きし娘の思い出すがり銀座さまよう

逝きし娘に酷似している少女見て声かけむとす涙声にて

新しき職場の窓から見ゆるのは逝きし娘の働きしビル

逝きし娘の初めて出張せしと聞く新富士駅をただいま通過

限りなき花にあそびしあくる日に逝きし我が娘の名前は咲子

# 自分史を打つ

歌が生き甲斐となる

還暦を迎えて学ぶ短歌《うた》の道歌歴を問われ「枯れ木がどうした」

我が歌の初めて歌誌に載りたれば書店を五軒巡りて求む

初めての投稿の添削欄外に書かれし檄文胸を熱くす

定年後に生き甲斐与える入選歌親類中に写しを送る

ＮＨＫの選に入りたる短歌《うた》ひとつ供えて娘の冥福祈る

ＮＨＫ入選の知らせ届きたり妻と祝杯あげて喜ぶ

拍手のごと総立つ春菊ベランダに受賞の知らせ届きたる午後

定年後テレビの講師に学びたる短歌が我の生き甲斐となる

まだ残る若さのかけらと思いたし恋の歌詠みときめく日もあり

老若男女立場ちがうも歌を詠むときを楽しみ毎月集う

楽しみは花満開の白井にて心許せる友との歌会

半島の田舎に生まれし老い我は江戸川畔に短歌の友得る

月ごとに歌会に行ける幸せを皆で満喫六実の集い

歌ありて友あり酒ある「松戸歌会」二十年は矢の如く過ぐ

我がうから

やさしさが嬉しと言いてわが寝間着縫いくれたる継母他界す

生さぬ子の我らを愛しくれたりし継母は旅立つ卒寿の夏に

先妻の倍永らえて子ら育て果てし継母はベテラン看護師

乳がんと子宮がんには勝利せど心臓病に果てたる我が継母《はは》

清らかな戒名授かりこの世には子孫残さず継母逝きたり

継母逝き十三回忌の法要にうからの集う弥生の命日

旭日のごとき明るさ撒くように初孫の名を「旭」と命名

三が日書き初めしたる初孫の賞状届くメールの映像

助かりし命を米寿まで生きて父は鴨緑江《おうりよくこう》節《ぶし》を唄う

奥入瀬の雪解け水の激流を画帖に留めて父は逝きたる

親族の食む天婦羅の青紫蘇は棺に眠る父が育てぬ

真珠湾で操縦桿を握りたる叔父はバスのハンドル握る

叔父叔母の逝きて縁故は薄くなり親族会の回数増やす

白髪とシワを眺めて感激す三十年ぶりの従兄弟《いとこ》会《かい》の席

北に住む兄の健在知らせ来る新巻とどく季節となりぬ

小城羊羹、松露饅頭、マルボーロ佐賀の名菓が姉より届く

鳥栖駅を過ぎれば故郷脊振山その山裾に姉は老いゆく

ワラスボと辛きカニ漬けムツゴロウ佐賀の魚が兄より届く

秋深く墓地を彩る花多く香りも豊か父の忌今日は

## テレビ体操

サン・ピエトロ寺院の広場の喫茶店銀婚迎える夫婦の我ら

鉢植えの紫蘇の葉摘みて麺に添う二枚で足りる妻との食卓

子どもの卓球遊びのテーブルよ今は二人の食卓となる

これだけは命の限り続けむとテレビ体操妻と並びて

富士山に登るようなる出で立ちに熟年われら筑波に挑戦

早春の風を受けつつ木の椅子のトロッコ列車に夫婦で並ぶ

娘逝き孫も去りにし老い二人黒部の原行く言葉少なに

熱気球乗りてあの世に行けるなら娘に会いたい妻と一緒に

ふるさと佐賀

飛行機雲は尺取虫のごと進み箱根の空を二つに切り裂く

古稀過ぎし顔並びいる同窓会米寿迎うる恩師を囲む

飛行機と電車とバスと乗りついで故郷に会う恩師は健在

老酒に酔いてマイクを離さざる友の唄うは〈蘇州夜曲〉

山本常朝の墓石ひび割れ傾ける訪ね来たりて一人嘆息

薄紅に肌を染めたる脊振山雲仙岳の淡きも見ゆる

故郷の墓地は道路に変わりゆき墓石の跡に彼岸花咲く

鼠色したる泥土のひろごりて筑後川の水量乏し

嘉瀬川の岸まであふれる花筏まもなく有明干潟に到着

玄界灘群青色の波に向きなだれ落ち行く虹の松原

米屋町、唐人町や柳町シャッターおろしし店の増えゆく

山峡を抜ければ広き佐賀平野ひたすら驀進ハウステンボス号

父母はなく兄弟も逝きし故郷の佐賀の新駅旅に過ぎゆく

六本を足湯に並べ嬉野のおばさんたちの買物談義

天翔ける紅の雲の流れいる佐賀の人々今もやさしき

懐かしく佐賀の街並み見渡しぬカササギの飛ぶ空は変わらず

浮立《ふりゅう》の鐘の音

故郷の宅急便を包みたる佐賀の新聞広げて読みぬ

九州の言葉恋しく県人会の集まりの中にそを聞きに行く

有明海のクチゾコ旨し今ひとたび食いに行きたし必ず行くべし

デパートの物産展の有田焼産地を知らぬ少女が売りおり

札幌に島義勇の像を見る故郷佐賀の生みたる偉人

嬉野茶が故郷の友より届きたり父に供えん羊羹添えて

我のみが浮立聞きおり八人の深き眠りの蚊帳の中にて

母逝きしあの日も浮立の鐘ひびき鼓の音色はるかに聞こえし

蚊帳の中浮立の鐘の音ともに聞きし親懐かしむ古稀を過ぐるも

帰ることなき故郷を思い出す蚊帳にて聞きし浮立の鐘の音

帰るまじ帰るまじとぞ繰り返して別れし郷里何故に帰るや

「おーい富士。おーい筑波」

富士山を初めて見たる〈ひかり号〉0系《ゼロ》消えて700系出づ

江戸川のこの橋あの橋わたるとき富士山も見ゆ筑波嶺も見ゆ

眼の癒えて富士山見ゆる嬉しさよ飛蚊症は気にもならざる

「おーい富士。おーい筑波」と呼びたれば返事の来たる我が家のベランダ

西空に紅き富士山聳え立ちわが傷心を癒せる雲あり

高層のビルの林立する狭間淡くなりゆく遠富士望む

たなびける薄紫の雲の下茜の空に黒富士の立つ

目の前に富士を見しより四十年五人の家族は二人に減りたり

興安丸の汽笛に今朝はめざめたり半島引揚げ六十年後

俯瞰する仙崎港の町並みよ六十年前母と上陸

## 母の弁当

幼き日母に連れられ行きし村の車の白菜記憶鮮やか

幼き日水兵服で遊びいし我を見守る父母の写真よ

ピョンヤンもソウルの日々も夢に果てともに暮らしし父母も今亡く

梅干しの鎮座する母の弁当は還暦過ぎても今なお恋し

半島の都に逝きし妹の命日彼岸中日の夜

タンポポとツクシの生うる江戸川辺三十年前家族と歩きし

ひしめきて実を成す赤きピラカンサ三十年前の家族の姿

わらび刈り家族そろいて賑やかに遊びしことは昭和の昔

嫁ぎゆきし娘の部屋に残されしアルバム眺め半日過ごす

遠き日の不知火寮の仲間たちと伊豆の海辺を旅する初秋

孤独死で果てたる友の訃報着き同窓会のアルバム開く

ささやかな楽しみ

加古川の源流から見る日本海返り見すれば瀬戸内海が

自分史の初めに出てくる真珠湾四十年経て父母と訪ねる

晩秋の氷雨の降るを幸いにパソコンに向かい自分史を打つ

ささやかな楽しみ求め新しきひげ剃りを買う年金支給日

テポドンの発射されたる半島の田舎に生れて七十年経つ

時折はリズムの狂うハーモニカ遠き日父に習いしナツメロ

絶対に安全なんだと信じたる玄海原発もろきに急変

役所にて厳しき立場にありし甥今は店にて笑顔の挨拶

海外を走破したりし添乗員日帰りバスの隅に今居る

過ぎてゆく古希の秋をば止めたしと年表のみの自分史完成

定年の十年過ぎたる毎日にビール一缶晩酌欠かさず

若き日に買い求めたる有田焼いま吟醸の酒を注ぎぬ

名付けたる国民宿舎〈湖畔荘〉四十年経て民宿と化す

われは松戸市民

三本の触覚動かし伸びて行く浅草中空世界目ざして

東京港の岸辺に並ぶ赤色のクレーンが円い月を切り裂く

一ダースの赤鉛筆にキャップつけ逆にも使う戦前生まれ

反日の暴動報ずる夕刻のテレビの前に老酒あおる

古稀近く献血百回到達すたったひとつの社会貢献

献血の感謝状が届きたり残り少なき出血サービス

ささやかな社会奉仕を終えて来ぬ献血百回目標果たし

生涯史書くと求めし原稿用紙色の変わりて机上に積まる

書き終わるときは命の果つる日か十年連用日記書き初む

戸定邸を見学するのは無料なり古希を迎えて最初の恩典

樫、欅、公孫樹に橅に柳ある〈21世紀の森〉の賑わい

逆流する川を逆川と名付けしに役所の人は坂川と変う

上野駅に松戸に向かう電車来る私はやっぱり松戸市民よ

傘寿迎えその日に席を譲られる嬉しくもあり寂しくもあり

久し振りに団地の窓に灯り増え湯気のあふれるわが誕生日

短歌俳句さらにマンガも載せている団地新聞編集長は我

## 忍びよる影

内臓の一つが突然激怒する青き地球に雪降り積もる日

病院の玄関に立つ赤ポスト　シャバとの細き通路を歩く

高いびき、欠伸にくしゃみ連発の四人病室コロナも来ない

半島に生まれ九州に育ちきて筑波に果つる我の一生《ひとよ》か

土に生れ土に還らむわが生命《いのち》生涯わずか天地のまばたき

注射器の一滴ごとの薬剤が残り少なき生命《いのち》支うる

忍び寄る我が死の影に怯えつつ晩夏の朝の残月眺む

わが生命生きると死ぬとにかかわらず月輝けり星またたけり

思い出を話せる人々他界すもわが胸うちに全員住める

妻の居る病窓に灯りがぽっと点き洗濯物を持ちて帰りぬ

物忘れすること多くなりしわれ妻はすらすら般若心経

頑迷な膀胱がんを克服し妻の助けで傘寿を迎う

辛酸をともになめたるこの妻の老いたる手のひら温もりに触る

自分史の末尾に一言「ありがとう」太く書き添えこの世を去りたし

# 入選歌より

平成20年度ＮＨＫ全国短歌大会入選

お前をば詠いて特選になったよと空の彼方の娘に知らす夜

（平成21年1月2日）

ＮＨＫ学園生涯学習フェスティバル・紀の川市短歌大会秀作

右の眼に筑波嶺ながめ左眼に富士山あおぐ三番瀬のハゼ

（平成21年4月4日）

平成21年度ＮＨＫ全国短歌大会入選

住む人の絶えしか隣の庭園の池畔に咲ける西洋しゃくなげ

（平成22年1月23日）

平成26年度ＮＨＫ全国短歌大会入選
父くれし小遣い千円に達しし日仕入れ資金に召しあげられたり
（平成27年1月24日）

第20回ＮＨＫ全国短歌大会佳作
むきトマト私は砂糖妻は塩喜寿を過ぎたる今朝も変わらず
（平成31年1月19日）

第22回ＮＨＫ全国短歌大会入選
警察署、薬屋、学校、消防署と医院に囲まれわが家は安全
（令和3年1月23日）

第14回常陸国小野小町文芸賞大賞〈知事賞〉

下戸と聞く渥美清の銅像に一升瓶が三本並ぶ

（平成25年12月25日・表彰式）

# こもごもの思い出

貴兄にこういう追悼の言葉を書くなど、つい先頃まで、まったく予想できませんでした。しかし、現実はどう足掻いても否定できません。もう私の前に貴兄が現れることのないことを、悲しいことですが受け入れねばなりません。

貴兄の「ひのくに」入会は、ちょうど十年前の平成二十四年（二〇一二）でしたが、もう少し前から「ひのくに東京支社」歌会にお出でになっていました。明るい性格の貴兄は支社のメンバーと直ぐに打ち解け、楽しい交流の場を作ってくれました。当時、私は葛飾の南水元に住んでいましたから、貴兄は松戸から、私は同じ常磐線の金町から池袋の会場に出席していました。今は、東京芸術劇場を会場にしていますが、貴兄が参加された当時、会場は豊島区勤労福祉会館（現在の「としま産業振興プラザ」）でした。歌会の帰りはいつも同じ電車で、短い時間でしたけれど、随分いろいろな話をしたように思います。

正式に「ひのくに」入会後は一度の欠詠もなく熱心に出詠を続けられ、ユーモアに富んだ多彩な作品を見せてくれていました。やがて選者たちの目にも止まるようになり、新人賞はもちろん、権威ある中島哀浪賞にも届きそうな勢いで、毎年両方の候補に挙がっていました。残念ながら早逝によってその夢は絶たれましたが、受賞は既定の事実として誰もが認めていたと思います。

年二回、春と秋に開催される短歌大会には、遠路も厭わず必ず参加されていました。私も欠席したことがなかったので、佐賀ではいつもご一緒しましたね。大会前夜と、大会後の夜は決まって街に繰りだし、飲みかつ唄い、大いに語り合いました。歌が大好きで、カラオケにはよく足を運びました。同郷の誼《よしみ》もあって、懐かしい話を随分交しました。龍造寺家にまつわる出自のこと、出身校のマンモス県立佐賀高等学校のこと、佐賀大学卒業後、近畿日本ツーリストに入社、当時盛んだった修学旅行の団体契約獲得にライバルと鎬《しのぎ》を削ったこと、またその引率にチャーターした列車に幾度も乗ったこと、大勢の生徒を率いるノウハウなども、面白可笑しく聞かせてくれました。ご両親のことやご自分の家族のことなども、気さくに話して下さるので、ついついこちらも、埒もない身の上話などしたものです。巧みな話術と、お人柄に引き込まれ、時間を忘れることはもう普通のことで、いつも別れるのはカラオケを堪能したあとの、日付が変わってからでした。

話の中で印象に残っているのは、貴兄があの特急「踊り子」号の名付け親だったということです。東京~伊豆下田・修善寺を走る「踊り子」号の公募に応じ、その当選者になったということには驚きました。また、佐賀大学時代に応募して当選者となった、佐賀の北山ダム湖畔の宿泊施設「湖畔荘」も名付け親だったとか。この命名に際しては私もいささか当時関わっていたので、その奇遇にただただ驚くばかりでした。賞品は結構高価なラジカセだったとか。

近畿日本ツーリストを退職された後、東京佐賀県人会の事務局長を永く務められ、郷里との懸け橋役を果たされたことも伺っています。うってつけの役職。貴兄にしてはじめてできる大役だったでしょう。

貴兄は生国の佐賀を愛してやまない根っからの佐賀県人でした。佐賀を語るとき、本当に生き生きしていました。郷土の親戚、友人、先輩を大事に思い、佐賀を訪れたときは必ず表敬の意を込めて交流を心掛けておられましたね。特に小学校の恩師を毎回訪佐の折に訪ねることには言葉がありませんでした。先生も相当のご高齢だったはずですが、最後まで話し相手になってあげていました。真面目というか、律儀というか、こういう人をわたしは貴兄以外に知りません。

重篤な病に見舞われながら、明るく前向きだった貴兄の姿勢を私は尊敬してやみません。貴兄の最後の年賀状をいま机上に置いて眺めています。その賀状には「漸く病気を克服いたしました」と奇麗な自筆でしたためてあります。積極的に生きる強い意思を伝えたかったのではないかと心中を推し測るのです。

最後に、遺詠となった、今年令和四年「ひのくに」新年号の歌から数首を引きましょう。

有明海に旭光高く昇るとき今年の野望自ずと生ず
筑後川の水は満ち干を繰り返す水底深く生命はぐくみ
二十年毎日仰ぎし天山よ今も変わらずそびえているか

最後まで郷里の佐賀を恋いやまぬ心情があふれています。
貴兄と佐賀へ帰った時に、何度も訪ねた佐賀藩鍋島家の菩提寺、高伝寺の梅がまた咲きますよ。次の帰省は私が一人で、少し寂しい思いもしますが、貴兄との思い出を確かめに梅を見にゆくつもりです。ご先祖の龍造寺家の墓前にもお香をあげてきます。

令和四年秋冷の頃

ひのくに短歌会顧問　山野吾郎

# 君を悼む　追悼歌十首

山野吾郎

松戸歌会秋山大人より知らされし君の訃報へ押し黙りたり

これほどの突然が世にあろうとは　予兆を君はまたく示さず

かかる訃を老いのはたてに聞くものか八木健輔十年早いぞ

この年の君の賀状を何と読む「漸く病を克服しました」

病むゆえの痩軀をわれら寂しみぬ令和四年二月歌会の

ストーマをもはや隠さぬ君なりき池袋歌会のわれの隣席

早逝をさせて悔いある愛娘またその遺児の運命を背負う

カラオケに『上海帰りのリル』をよく唄いし健輔もはや世になし

臓いくつ患う君が手をあげてそよろと風を背にあゆみくる

根っからの佐賀人八木健輔のふる里はいま樟の花どき

# 解説

秋山扶佐子（「松戸歌会」代表）

遺歌集『銀河の果てに』には、八木健輔さんの幼少期から、八十一歳で生涯を閉じるまでの作品四五〇首が収められている。八木さんの歩んで来た道は必ずしも平坦ではなかった。

彼の実母は朝鮮から引き揚げ後、肺結核のためサナトリウムに入る。まだ小学校に入学したばかりの健輔少年は、母に逢いたくて人の目を盗みながらサナトリウムに通った。

矢絣の着物の裾を離すまいとサナトリウムへ向かうわが母追いき
療園の母に会うため忍び来し我に「帰れ」と母は横向く
結核を病みいる母に効くという鯉を探しに池畔を巡りき

やがて、母を見送り、大学を卒業した八木さんは旅行会社に就職し、結婚して三人の子どもに恵まれる。家族で江戸川の土手を歩いて土筆を摘んだり、松戸市の本土寺を廻ったりと、子どもを中心にした家族の平穏な日々を送っていた。

つくしんぼ千切りて子らに説明す明日の弁当に入るかもしれぬ
「無花果《いちじく》が今日は三つ」という妻の声に炎暑の朝が始まる
青紫蘇の種を採りつつ「ありがとう。おいしかった」とお礼忘れず
植えたりしオクラが大きな実をつける残月も笑む朝のベランダ
サクラには遅くアジサイには早し家族で巡る緑の本土寺

子どもたちが独立し、これからは自分の趣味や妻との旅行を楽しもうと思っていたに違いない八木さんは或る日突然、思いもよらない不幸に襲われる。次女の咲子さんが出産時のアクシデントで、呆気なく二十九歳の生涯を閉じてしまったのである。その日から彼の苦悩の人生が始まった。「逝きし娘《こ》よ」「逝きし娘よ」と涙ながらに早逝の愛娘に呼びかける作品は、読む者の涙を誘う。自分で産んだ子どもを、その腕に一度も抱くことなく逝ってしまった無念さは、詠っても詠っても詠いきれない。八木さん夫婦には娘と引き換えに母の無い孫が遺された。

娘危篤の報せに急ぐタクシーの座席に幾度も足踏みをする
駆けつけてその手握れば温かし応うることなき末期の娘
病室の娘を囲むパイプあまた全力挙げて命守れよ
「ご臨終です」医者の言葉に思わずも温き血流るる娘抱きしむ

臨終を告げられたりしわが娘隣に孫の産声きこゆ

母逝きしを知らずに眠るみどりごよ抱かれるごとく両腕伸ばす

日本の人口一億超えし日もたった一人の孫を抱き寝る

あまりに突然の訣れであった。母となった娘と、可愛い孫を連れて帰る日を、心弾ませながら妻と一緒に待っていた筈である。だが、臨月になる前にお産が始まり小さな嬰児を遺して娘は旅立ってしまった。何も知らない児はばんざいした形で手を伸ばして寝て、それが祖父となった八木さんには切なく、抱かれるのを待つ姿に見えた。この不憫な孫を何としても護らなくてはと、何物にも代えられない孫を大切に抱いて寝るのである。

自分を産んでくれた母の顔も声も知らない孫は、やがて保育園の園児となる。

亡き母の声聞くこともなき孫のはしゃげる声の空に響けり

特選に入選したる孫の絵は保育士の顔を描いていたり
母の顔も知らざる幼の見る夢はやさしき笑顔と声の保育士
「じいちゃんとしゃぼんだましてあそびたい」母なき孫は短冊に書く
走り来る孫の仕草にありありと娘の蘇る春の草原

母の居ない孫を哀れと思いながらも、やさしい保育士の存在は八木さんの心を救ってくれた。保育園では保育士が母を喪った孫に愛情を持って接してくれ、家では祖父母が相手になって遊ぶ。孫は、娘を亡くした喪失感を少しずつ癒してくれた。

そのうち八木さん夫婦は、遠く離れた娘の墓に、孫を連れて行くようになる。

娘の眠る墓地へと続く坂道を登りて孫と墓石洗う
秋日和幼き手つきで焼香す逢えざる母の墓前に孫は

母求め墓石抱きて叫びいる女孫《めまご》の声に言葉をとどむ
顔も知らず「お母ちゃん」と叫ぶ幼孫天国までも届けと祈る
母知らぬ淋しき顔を乗せたまま幼運べる村営バスは

愛しい孫の存在は、急逝した娘によってぽっかり空いた心の穴を埋めてくれていたが、やがて、大阪に住む孫の父親に彼女を渡す日が来る。祖父母と孫と三人の家庭はこうして崩れ、六〇〇キロ隔てた孫に逢いに行くことが八木さん夫婦の目標となる。娘の忘れ形見を手放す時は、新生児の頃から育てた祖父母にとって、身を斬られるほどの寂しさだったに違いない。

世の中のしがらみの果て孫は去り産みて抱けざる遺影に詫ぶる
大阪に行きたる孫の夜もすがら泣くと聞きたり我も哀しき
カレンダーに記したる紅き二重丸母なき孫に逢いに行ける日

遠く住む孫に逢えるが嬉しくてデパート回りおもちゃ買い込む
しゃぼんだまに映る幼に逢うために六百キロを妻と旅する
嬉しきは堺の町を訪れて幼に靴を履かすときなり
遊園地に笑いさざめく児ら見れば六百キロ離れたる幼を思う

新しい環境にも慣れ、すくすく成長してゆく孫を遠くで見守りながら、八木さんは早逝した娘を偲ぶ日が続く。彼の嗚咽が聞こえてくるような作品を挙げる。

植えたりしままに逝きたる娘見よ黄色のバラの匂いて咲くを
何ゆえに育てることの叶わざりしや写真の中の娘訴う
キティチョコを求め来たりて向かい合い遺影と話す娘の命日
在りし日の娘の写真に語りかけ半日過ごす応えなけれど
携帯を押せば亡き娘の声がするまだまだこの娘《こ》は生きているのだ

婚礼に持たせし娘の品々は遺品となりて我が家に帰る
逝きし娘を思いて独り酒を酌む秋の夜長の虫を聞きつつ
涙もろきと笑わば笑え逝きし娘の思い出すがり銀座さまよう
逝きし娘に酷似している少女見て声かけむとす涙声にて

八木さんはやがて歌に生き甲斐を見出すようになり、各種の短歌大会にも精力的に応募する。「松戸歌会」に入会したのが二〇〇二年の秋、今からちょうど二〇年前のことだ。その頃、久々湊盈子氏が講師を務める「松戸短歌会」にも通い、歌を学ぶことに打ち込んでいた。総合誌、新聞歌壇にも投稿し、掲載されるとコピーを仲間に配っていた姿が思い出される。このようにして彼は愛娘の死を乗り越えようとしたのだろう。

我が歌の初めて歌誌に載りたれば書店を五軒巡りて求む

定年後に生き甲斐与える入選歌親類中に写しを送る
ＮＨＫの選に入りたる短歌《うた》ひとつ供えて娘の冥福祈る
ＮＨＫ入選の知らせ届きたり妻と祝杯あげて喜ぶ
拍手のごと総立つ春菊ベランダに受賞の知らせ届きたる午後
定年後テレビの講師に学びたる短歌が我の生き甲斐となる
月ごとに歌会に行ける幸せを皆で満喫六実の集い

歌に情熱をかけ、歌の仲間をたいせつにする一方、八木さんは故郷佐賀や親類縁者への思いも変わることがなかった。次の作品から強い望郷の念が伝わる。

北に住む兄の健在知らせ来る新巻とどく季節となりぬ
小城羊羹、松露饅頭、マルボーロ佐賀の名菓が姉より届く
鳥栖駅を過ぎれば故郷脊振山その山裾に姉は老いゆく

天翔ける紅の雲の流れいる佐賀の人々今もやさしき
懐かしく佐賀の街並み見渡しぬカササギの飛ぶ空は変わらず
故郷の宅急便を包みたる佐賀の新聞広げて読みぬ
九州の言葉恋しく県人会の集まりの中にそを聞きに行く
嬉野茶が故郷の友より届きたり父に供えん羊羹添えて
我のみが浮立聞きおり八人の深き眠りの蚊帳の中にて
母逝きしあの日も浮立の鐘ひびき鼓の音色はるかに聞こえし
蚊帳の中浮立の鐘の音とともに聞きし親懐かしむ古稀を過ぐるも
帰ることなき故郷を思い出す蚊帳にて聞きし浮立の鐘の音

故郷への思いは終生変わらず持ち続けた八木さんであったが、松戸は謂わば第二の故郷。七階のベランダから見る富士山や筑波山、そして江戸川への深い愛着が感じられる。

江戸川のこの橋あの橋わたるとき富士山も見ゆ筑波嶺も見ゆ

「おーい富士。おーい筑波」と呼びたれば返事の来たる我が家のベランダ

目の前に富士を見しより四十年五人の家族は二人に減りたり

タンポポとツクシの生うる江戸川辺三十年前家族と歩きし

ひしめきて実を成す赤きピラカンサ三十年前の家族の姿

わらび刈り家族そろいて賑やかに遊びしことは昭和の昔

上野駅に松戸に向かう電車来る私はやっぱり松戸市民よ

家族は二人に減ったが、妻の和子さんと平和な日常を送っていた八木さんは、体に不調を覚え検査を受ける。診断は思いもよらない「膀胱がん」。長い闘病生活が始まった。次に挙げる作品には私たちに見せたことのない、病魔に戦く一患者の顔がある。穏やかな笑顔とは別の、篤い病を抱える患者の素顔が詠われている。

内臓の一つが突然激怒する青き地球に雪降り積もる日
注射器の一滴ごとの薬剤が残り少なき生命《いのち》支うる
忍び寄る我が死の影に怯えつつ晩夏の朝の残月眺む
自分史の末尾に一言「ありがとう」太く書き添えこの世を去りたし

八木さんは抗がん剤治療のため毎年春に入院することになるが、その他は薬を飲みながら普通に過ごし、歌会も欠席することはなかった。しかし、病状が進行すると、膀胱の摘出という大きな手術を受けざるを得なくなる。この頃より、傍目にも体力の衰えは感じられたが、松戸歌会恒例の年二回の吟行会は、日帰り一泊を問わず欠席することはなかった。

ところが、昨年二〇二一年春の栃木県・三毳山への吟行は、直前に体調を崩して入院。二十年近く無欠席だった吟行会は初めての欠席となる。この吟行会は、八木さんの情報を基に、松戸市の公益文化振興財団の助成金公募に応募し、選考に通って僅かではあるが助成金を受けて実施されたものだった。それだけに参加の叶わなかった彼の落胆は大きく、私たちも残念でならなかった。

同じ年の十月には千葉県立柏の葉公園へ吟行に行き、八木さんにとっては、これが最後の吟行会となる。薔薇園を熱心に見ていたのは、逆縁で早逝した愛娘が、黄色の薔薇を好んでいたからだったのかと、今にして思うのである。

前年は妻の和子さんが家の中の絨毯に躓いて転倒し、リハビリを含め長期間入院する事故があった。小康状態だった八木さんは、妻の居る病院へ洗濯物を届けに通う日が始まる。

妻の居る病窓に灯りがぽっと点き洗濯物を持ちて帰りぬ

松戸歌会に出されたこの作品は最高点になり、作者の八木さんは次のようにコメントしている。

「妻が部屋の中で転倒して入院しているのですが、看護師に洗濯した物を渡して、洗う物を引き取って帰るだけで、顔を合わせることも出来ない。帰りがけに振り返り、部屋に灯りが点いたのを見て、バスに乗って帰って来ます」

折しも、新型コロナウイルスの感染が猛威を奮っていた時期である。病院へ行っても面会は叶わなかった。

漸く退院して来た妻と入れ替わるように、今度は八木さんが何度目かの入院。その後退院してきた彼は和子さんを労り、今度は自分が看るからと言ったそうである。その言葉に和子さんはどれほど勇気づけられ、安心したことだろう。しかし、病は確実に彼の体を蝕み、安定した生活は長くは続かなかった。これからお互いに支え合って余生を送ろうとする矢先、病魔は再び容赦なく八木さんに襲いかかってきた。

「ひのくに」の東京支部歌会への最後の出席は二〇二二年二月、松戸歌会へは同年三月が最後の出席となった。愛娘を喪って以来、歌を生き甲斐としてきた八木さんは、動ける限界までを歌会に出かけたのであった。

八木さんには、いつかは歌集を上梓しようという長年の思いがあり、歌数もかなりに上っていた。体力が落ちて気力の失われる前に、私は何とか歌集に取りかかってほしいと願い、そろそろ歌集を出しましょうよと何回となく持ちかけたが、彼はいつものにこやかな笑顔で「そうですねえ」と言うばかり。たくさん有って纏めるのうんざりするでしょうと言えば、ほんとにうんざりしますと笑う。そして、「原稿が出来上がったら必ず、真っ先に秋山さんに見てもらいます」と、真顔で言うのだった。

しかし、その原稿は完成させることなく、二〇二二年五月一七日、八木さんは自宅で妻や子どもたちに見守られ、静かに旅立って行った。遺歌集は妻の和子さんのたってのご依頼で、身の丈を超える大役であることは重々承知しながら私が関わらせて頂くことになった。

和子さんから送られて来た歌稿は凡そ二千首。Ａ４一頁に四十首、五十枚が時代を超えてランダムに打たれていた。出版の意思を固め、漸く重い腰を上げたのだろう。棒線で消されてある作品、赤でチェックの付けられた作品など有り、作者へ思いを馳せながら一首ずつ鑑賞し、歌集に載せる歌を選んでいった。時系列に追ってみると、はからずも八木さんの人生を辿ることになりあらためて生前の彼を偲んだが、歌集は必ずしも時系列に沿って編集されているわけではない。

八木さんは所属する結社「ひのくに」で活躍する一方、地元の松戸歌会では運営に携わり、長いあいだ歌会を支えてくれた。

本歌集は、逆縁で最愛の娘を喪った親の悲嘆の歌集とも言える。今までに詠まれてきた数多い作品の中には、日常を詠んだものや風景を詠んだもの、八木さん特有のユーモアを交えたもの等々有るが、この歌集では次女咲子さんの急逝に焦点を当てて編集した。

作者の悲しみの一端をお伝えすると共に、仕事への意欲、歌に懸ける情熱、佐賀への望郷の念等お伝えすることが出来れば幸いである。

*

八木さん、お気に召されるかどうか分かりませんが、やっと歌集が出来ましたよ。生前に上梓されず遺歌集となってしまったことが、とても悔しいです。この歌集が、どうか天国まで届きますように。長いあいだ本当にありがとうございました。安らかにお眠りください。

〈合掌〉

令和四年　菊香る晩秋に

## あとがき

「おとうさん、おはよう」

毎朝私がそう言うとにっこり笑ってくれた貴方は、もう手の届かない所に行ってしまいました。遺影が微笑んでいるだけです。


令和四年五月十七日、主人の八木健輔は十年近くに及ぶ闘病生活の末、八十一年の生涯を閉じました。入退院を繰り返しながらも家に居る時は元気で普通の生活でしたが、年明けから体調を崩し、とうとう帰らぬ人となってしまいました。

定年後に始めた短歌は主人の生き甲斐、心の拠り所となり、新聞や総合誌、短歌大会などによく投稿しておりました。入選すると大層喜び、二人で祝杯を挙げたこともあります。いつかは歌集の上梓をと考えていたようですが、病状が急に悪化し叶いませんでした。昨秋は今まで作ったたくさんの歌を整理しておりました。このままでは本人もさぞかし心残りだろうと思い、遺志を汲んで遺歌集を作ることにいたしました。

生前、親交のあった方々に読んで頂ければ幸いです。

「ひのくに」の山野吾郎様はじめ江副壬曳子様、ならびに社友の皆様、長い間大変お世話になり感謝申し上げげます。山野様には大変お忙しいなか、心温まる追悼文まで書いて頂きまして主人も喜んでいることでございましょう。本当にありがとうございました。

地元の「松戸歌会」では長きに亘り会員の皆様にお世話になりました。いつも温かく接して下さり、ありがとうございました。秋山扶佐子様には歌集作成にご尽力頂き、ご丁寧な解説を頂きまして感謝いたしております。

出版にあたりましては久々湊盈子先生のご縁で、典々堂の髙橋典子様に大変お世話になりました。御礼申し上げます。

令和四年十一月

八木和子

八木健輔（やつきけんすけ）略歴

1940年9月　朝鮮黄海道瑞興郡に生まれる
1945年 秋　佐賀県に引き揚げる
1959年3月　佐賀県立佐賀高等学校卒業
　同年4月　国立佐賀大学文理学部法経課程入学
1963年3月　国立佐賀大学卒業
　同年4月　㈱近畿日本ツーリスト入社
1968年6月　結婚
2001年5月　次女死去
2002年11月　「松戸歌会」入会
2012年4月　「ひのくに」入会
2022年5月17日　八十一歳にて膀胱がんにより死去

遺歌集　銀河の果てに　「ひのくに」叢書第113篇

2023年2月28日　初版発行

著　者　八木健輔
著作権継承者　八木和子
〒270-0034　千葉県松戸市新松戸7丁目222-B-704

発行者　髙橋典子

発行所　典々堂
〒101-0062　東京都千代田区駿河台2-1-19
アルベルゴお茶の水323
振替口座　00240-0-110177

編　集　秋山扶佐子
組　版　はあどわあく　印刷・製本　渋谷文泉閣